Chwedlau'r PySgwod

Chwedlau'r PySgwod

Anni Llŷn

Argraffiad cyntaf: 2024

ISBN 978-1-84527-924-0

E-lyfr 978-1-84524-599-3

CYNGOR LLYFRAU CYMRU

Cyhoeddwyd gyda chymorth Cyngor Llyfrau Cymru
Dylunio'r clawr a thu mewn: Mei Mac

Cyflwynedig i

Martha, Eigra a Largo

Mori

Macrell gryfaf y mô

Brian

Dawnsiwr gwych a phawb yn meddwl y byd ohono.

Siari

Siarc dieflig.

Gutun

Cragen las sy'n gallu bod rhywle arall mewn chwinciad.

Lobo

Cimwch diog, trwsgwl sydd wastad yn meddwl am ei fol.

Oswyn

Octopws drwg.

Besi

Draenog y Môr disglair sy'n gallu'ch swyno.

Nin

Cranc-ninja cyfrwys, cyflym a pheryglus.

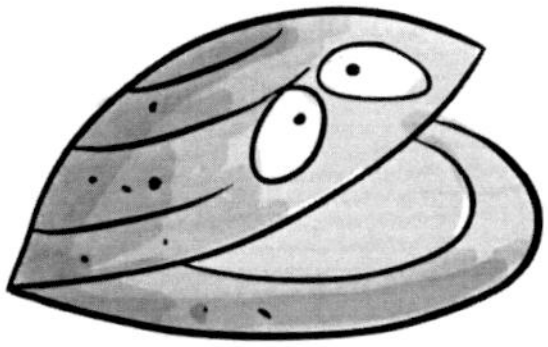

Gutun y Gragen Las

Roedd pawb yn meddwl fod Gutun yn gyflym. Gutun oedd y gragen las gyflymaf yn y môr. Roedd o mor gyflym, doeddech chi ddim yn gallu ei weld yn symud. Un munud yr oedd o'n gorwedd efo'i ffrindiau yn tynnu coes a hel straeon, yna'n sydyn roedd o wedi diflannu ac yn dweud jôcs wrth griw arall o gregyn gleision.

Ond nid cyflym oedd o. Roedd Gutun yn gallu *teleportio,* sef chwinc-deithio. Wrth gau ei lygaid yn dynn, gallai feddwl am rywle arall a mynd yno'n syth bìn. Roedd o hyd yn oed yn gallu cau ei lygaid a meddwl am y Barriff Mawr wrth ymyl Awstralia a bod yno mewn chwinciad. Ond doedd o ddim yn hoff iawn o deithio'n rhy bell. Roedd o'n hoffi bod efo'i deulu a'i ffrindiau, pob un o'r 34,721 oedd yn byw yn y bae efo fo.

Un diwrnod, roedd rhai o frodyr Gutun wedi clywed fod ogof fawr wedi ei darganfod rhyw ychydig filltiroedd i ffwrdd. Doedd cregyn gleision arferol ddim yn teithio llawer ac felly roedd clywed am lefydd arbennig eraill yn y môr yn gwneud iddynt ryfeddu. "Gutun, ti'n meddwl alli di fynd i'r ogof a dod yn ôl i ddeud wrthon ni sut le ydi o?"

"Wrth gwrs!" atebodd Gutun. Roedd o'n hoff o fynd i anturio a darganfod ar ran ei deulu mawr, gan ei fod o wrth ei fodd yn adrodd y straeon wrthyn nhw wedyn, a phawb yn gwrando'n astud.

Caeodd Gutun ei lygaid yn dynn ac mewn chwinciad roedd o yno, yn yr ogof.

"Waaaaw!"

Roedd y lle'n enfawr ac yn dywyll.

Yna'n sydyn, gwelodd Gutun rywbeth yn

symud. Yn slei ac araf daeth chwe octopws mawr tuag ato o dywyllwch yr ogof.

"O helô... doeddwn i ddim yn gwybod bod neb arall yma," meddai Gutun yn gwrtais. "Mae'n ddrwg gen i. Eich cartref chi ydi hwn? Dwi'n anturiwr, dach chi'n gweld. Mae gen i'r gallu i deithio o un lle i'r llall mewn chwinciad drwy gau fy llygaid yn dynn, a..."

Byddai Gutun yn parablu'n ddi-stop pan fyddai'n nerfus. Ond cyn iddo allu cario 'mlaen, meddai'r pen-octopws:

"Oooo... ti ydi Gutun y Gragen Las arbennig, felly?"

"Ia, am wn i," atebodd Gutun yn falch.

Ond doedd Gutun ddim wedi rhagweld y perygl. Roedd yr octopysau eisiau defnyddio gallu arbennig Gutun i'w helpu nhw i wneud rhywbeth drwg. Roedd ganddyn nhw gynllun. Ar ddiwrnod hiraf y flwyddyn roedden nhw am ddwyn y perlau o Ogofanc y Cimychiaid. Roeddan nhw angen Gutun i deleportio i mewn i'r Ogofanc er mwyn agor y drws o'r tu mewn.

"Be? Alla i ddim gwneud hynny, siŵr! Dyna lle mae'r perlau'n cael eu gwarchod.

Mae'n bwysig ein bod yn cadw perlau'r môr yn saff," mynnodd Gutun.
"Os na wnei di be 'dan ni'n ei ofyn, bydd dy deulu mawr gwirion di'n diflannu fesul

cannoedd!" meddai'r pen-octopws, a'i geg lysnafeddog yn agos, agos at wyneb Gutun bach.

Suddodd Gutun yn ôl i'w gragen. Caeodd ei lygaid yn dynn a meddwl am adra. Mewn chwinciad, roedd o yno'n syth bìn, ond roedd o wedi dychryn am ei fywyd.
"Wel... sut le oedd yr ogof?" holodd un o'i

frodyr wrth iddyn nhw aros yn eiddgar am ei stori fawr.

Ond wnaeth Gutun ddim ateb. Roedd arno ofn. Dwyn y perlau o Ogofanc y Cimychiaid? Doedd hynny ddim yn iawn – ddim yn iawn o gwbwl. Yn sydyn, meddai un o'r cregyn eraill:

"Ble mae Wncwl Greg a'r Gregs bach i gyd?"

O na, meddyliodd Gutun. Roedd y cregyn glas yn dechrau diflannu. Rhaid bod yr octopysau wedi dechrau ar eu cynllun yn barod. Sylweddolodd Gutun nad oedd ganddo ddewis ond helpu'r pen-octopws drwg a dwyn y perlau er mwyn cadw ei deulu'n ddiogel. Roedd diwrnod hiraf y flwyddyn mewn ychydig ddyddiau ac roedd yn rhaid i Gutun fod yn barod.

Ond doedd Gutun ddim yn gwybod ar y pryd y byddai'n llwyddo i gadw'i deulu yn ddiogel, ac yn llwyddo i gadw holl greaduriaid y môr yn ddiogel, gyda chymorth arwyr arbennig eraill ar ddiwrnod hira'r flwyddyn.

Brian y Cranc Brown

"...a naid a throi a chamu i'r ochr, a naid a throi a chamu i'r ochr..."

Dawnsiwr oedd Brian y Cranc Brown. Dawnsiwr gwych. Roedd o'n enwog yn y môr a phawb yn meddwl y byd ohono.

"Brian! Brian! Brian! Gawn ni dy lofnod di?" byddai ffans yn galw arno ym mhob man.

Roedd o'n granc annwyl iawn, yn caru dawnsio ac wrth ei fodd yn gwneud

creaduriaid eraill y môr yn hapus wrth iddyn nhw fwynhau ei berfformiadau.

Un diwrnod, roedd o wrthi'n gweithio ar symudiad newydd cymhleth pan wnaeth o ddarganfod fod ganddo ddawn arall. Dawn anarferol. Y ddawn i rewi creaduriaid eraill.

"...a tap tap, clic clic, tapaclicataptap..."

Symudai ei goesau'n gyflym wrth ymarfer y symudiad yn sydyn, drosodd a throsodd ar ei ben ei hun ar y graig lle roedd o'n byw.

"...a tap tap, clic clic, tapaclicataptap..."

Roedd y symudiad yma yn un anodd i'w wneud ond roedd o wedi ymarfer llawer ac roedd o'n barod i ddangos y symudiad i'w chwaer fawr, Beryl. Hi oedd yr un oedd yn ei helpu i drefnu'r holl berfformiadau, ac er ei fod o'n ddiolchgar ei bod hi'n ei helpu roedd hi braidd yn bosi.

"Wyt ti wedi gorffen y rwtîn newydd bellach? Cofia fod dy ffans di'n disgwyl pethau mawr. Fedri di ddim gwneud yr hen bethau o hyd!"

Fel yna y byddai hi'n pregethu drwy'r amser.

"Ond pam lai? Maen nhw i gyd yn mwynhau, yn tydyn?"

"O Brian, tydi 'mwynhau' ddim yn ddigon dyddia yma, siŵr. Mae'n rhaid i ti eu rhyfeddu, eu gwneud yn drist, eu gwylltio a'u syfrdanu ar yr un pryd er mwyn cael sioe gwbl unigryw!"

"Eu gwylltio nhw?!" Doedd Brian ddim yn siŵr beth oedd syniadau Beryl. Byddai hi'n dweud pethau rhyfedd weithiau. Yr oll yr oedd o eisiau ei wneud oedd cadw gwên ar wynebau'r creaduriaid oedd yn dod i'w wylio. Hoffai Brian fedru cael munud o lonydd a thawelwch gan Beryl o bryd i'w gilydd.

"Reit," meddai Beryl. "Dim ond dwy awr o ymarfer wyt ti wedi ei wneud bora 'ma. Dwi wedi dweud wrthat ti, os wyt ti am fod y gorau yn y môr, mae'n rhaid i ti ymarfer am bump awr bob bora, o leia."

"Ond mae gen i bethau i'w dangos i ti. Dwi wedi dysgu symudiad newydd..." meddai Brian, gan obeithio y byddai hynny'n golygu y byddai Beryl yn gadael llonydd iddo am weddill y dydd.

"Wel ty'd yn dy flaen 'ta, dangos."

Anadlodd Brian yn ddwfn cyn dechra dawnsio...

...a naid a throi a chamu i'r ochr, a naid a throi a chamu i'r ochr, a tap tap, clic clic a tapaclicataptap..."

Daeth Brian i ben gan droi i edrych ar wyneb Beryl. Beth oedd hi'n feddwl? Ond cafodd Brian sioc. Roedd Beryl yn syllu, a doedd hi ddim yn symud modfedd. Fel arfer byddai hi'n parablu'n syth – "ddim yn ddigon da... rhaid trio rhywbeth arall... tria eto..." Ond roedd hi'n dawel. Roedd hi wedi rhewi.

Allai Brian ddim credu'r peth. Doedd o erioed wedi gweld Beryl mor dawel! Ond ar ôl munud union, daeth Beryl 'nôl ati hi ei hun.

"Wel... ddim yn ddrwg... dwi'n falch dy fod wedi mynd ati i feddwl am symudiad newydd..." cariodd ymlaen i barablu.

Roedd hyn yn od iawn, meddyliodd Brian.

Doedd hi ddim wedi sylwi ei bod wedi rhewi am funud cyfan. Am ryfedd...

"Gwna fo eto... yn well tro 'ma..." meddai Beryl.

...a naid a throi a chamu i'r ochr, a naid a throi a chamu i'r ochr, a tap tap, clic clic a tapaclicataptap...

Rhewodd Beryl eto, am funud cyfan cyn dod yn ôl ati hi'i hun fel tasai dim wedi digwydd.

Credai Brian mai'r tap a chlic oedd yn gyfrifol am y peth. Roedd rhywbeth am y **sŵn** wedi

rhewi Beryl. Ond dim ond am funud. Hy, meddyliodd Brian, am allu dibwynt. Tydi munud ddim yn ddigon o lonydd rhag Beryl. A beth allai o ei wneud mewn munud? Dim byd.

Cadwodd Brian y gyfrinach yma iddo'i hun. Doedd o ddim am ei rhannu hi gyda Beryl. Roedd munud hebddi'n hefru arno yn well na dim, penderfynodd. A doedd o'n sicr ddim eisiau i neb arall wybod am ei allu anarferol; wedi'r cyfan, fyddai neb eisiau ei weld o'n dawnsio wedyn, dim ond ei weld o'n rhewi creaduriaid. Na, meddyliodd, cyfrinach oedd hon am fod... am byth!

Ond wyddai Brian ddim y byddai ei allu cyfrinachol yn achub holl greaduriaid gwely'r môr rhyw ddiwrnod.

Besi y Besi-teiddiwr!

Doedd Besi ddim yn gwybod ei bod hi'n gallu hypnoteiddio pysgod eraill nes iddi hypnoteiddio ei mam ar ddamwain pan oedd hi'n bysgodyn bach. Ar y pryd, roedd ei mam yn dweud y drefn wrthi fod yn rhaid iddi dacluso'r gwymon o gwmpas eu cartref. Roedd Besi wedi bod yn chwarae gêm 'Saethu'r Gwymon' ac wedi gwneud llanast mawr, nes fod gwymon ym mhob man.

"Sbïa ar y llanast 'ma! Mae'n rhaid i ti stopio chwarae'r gêm wirion yna a thacluso'r lle."

Roedd Mam yn flin.

"Ond Ma-am..." cwynodd Besi fach, gan nofio 'nôl ac ymlaen. "Dwi ar ganol brwydr fawr yn erbyn Byddin y Gwymon sydd isio rheoli'r moroedd a bwyta pob Draenog y Môr!"

"Paid â malu tonnau, Besi..."

Yn sydyn, ar ganol ei brawddeg, rhewodd Mam yn llonydd. Roedd lliw arian Besi wedi disgleirio yn ei llygaid wrth i Besi nofio yn ôl ac ymlaen o'i blaen. Roedd hi wedi cael ei hypnoteiddio!

"Mam? Mam?"

Ond wnaeth Mam ddim symud. Sylweddolodd Besi beth oedd wedi digwydd... roedd hyn am fod yn hwyl, meddyliodd!

"Mam... dwi am i ti feddwl mai crwban wyt ti!!" meddai, a dechreuodd Mam symud o gwmpas yn araf, araf fel hen crwban mawr.

Chwarddodd Besi. Roedd hyn yn anhygoel! Ond tra oedd hi'n chwerthin welodd hi ddim mo Oswyn yr Octopws Mawr Drwg a Sieri'r Siarc Cas yn dod yn nes.

"Wwwww... dyma damaid blasus hawdd i'w ddal!" sibrydodd Sieri'n gas wrth Oswyn.

Yn sydyn, plymiodd Sieri'r Siarc tuag at Mam gyda'i dannedd miniog hyll yn y golwg i gyd. Roedd hi ar fin ei llowcio! Sgrechiodd Besi mewn ofn, ond rhywsut llwyddodd i ymateb a symud yn sydyn i daro Sieri'r Siarc ar ei thrwyn yn galed. Troellodd honno yn ei hôl heb ddisgwyl ymosodiad mor gryf gan y pysgodyn bach.

Ond yna, teimlodd Besi rywbeth yn gafael yn ei chynffon a'i chodi ben i waered. Oswyn yr Octopws oedd wedi ei dal.

"He he he... pysgodyn bach gwirion!" chwarddodd hwnnw'n hyll. Gwingodd Besi yn ei afael. Roedd hi'n gwingo cymaint nes i'w chefn arian ddechrau disgleirio eto. Roedd yn llachar iawn y tro hwn, a disgynnodd darnau

disglair y dŵr i lygaid mawr Oswyn nes iddo rewi. Roedd Besi wedi ei hypnoteiddio! Gwelodd fod Sieri'r Siarc ar ei ffordd yn ôl i lyncu Mam. Felly, heb wastraffu eiliad, meddai Besi wrth yr octopws:

"Oswyn, ti yw drymiwr gorau'r moroedd a Sieri'r Siarc yw dy ddrymiau!"

Mewn chwinciad, wrth i ddannedd miniog Sieri ddod o fewn modfedd i gynffon Mam (oedd dal yn meddwl mai crwban araf oedd hi!), cydiodd Oswyn yng nghynffon Sieri. Daeth ei fraich arall i ddal ei thrwyn a'r chwe braich arall i ddrymio corff Sieri yn ddi-stop.

Dyna beth oedd golygfa ryfeddol, meddyliodd Besi. Octopws yn drymio siarc

blin iawn a honno'n strancio wrth fethu â dianc! Brysiodd Besi fach tuag at ei mam.

"Mam! Mam! Mam!" meddai gan syllu arni, ac mewn dim, daeth Mam yn ôl ati hi'i hun.

"Besi, be ddigwyddodd?" meddai, cyn troi rownd a gweld yr octopws a'r siarc. Sgrechiodd!

"Dwi'n meddwl y byddai'n well i ni ddiflannu o 'ma yn sydyn!" awgrymodd Besi, ac i ffwrdd â'r ddwy ar frys.

Roedd hwn yn ddiwrnod arbennig ym mywyd Besi. Dyma'r diwrnod y sylweddolodd fod ganddi bŵer anhygoel. Penderfynodd y diwrnod hwnnw ei bod hi, Besi y Draenog Môr fach, am fod yn archarwr! Roedd hi am warchod creaduriaid da y môr rhag creaduriaid drwg fel Oswyn yr Octopws a Sieri'r Siarc Cas. Ond nid trwy eu hypnoteiddio yn unig... ond trwy eu Besi-teiddio!

Lobo'r Cimwch

Roedd Lobo'r ciwmch yn gimwch gwahanol i'r gweddill. Roedd y cimychiaid eraill yn bwyllog, gofalus a chwrtais. Ond nid felly Lobo. Roedd o'n ddiog, yn drwsgl a wastad yn meddwl am ei fol.

Y cimychiaid oedd yn rheoli pethau ar wely'r môr. Nhw oedd y bosys, ac roedd y creaduriaid eraill i gyd yn weddol hapus gyda hynny. Nid fod Lobo yn gwneud dim o'r gwaith. Roedden nhw wedi rhoi'r gorau i roi tasgau i Lobo – roedd o'n dueddol o wneud llanast o bopeth.

Ta waeth, un diwrnod, roedd yn rhaid galw cyfarfod brys i drafod problem go fawr. Roedd pob cimwch yn gorfod mynd i'r cyfarfodydd pwysig hyn, hyd yn oed Lobo, oedd yn brysur yn gwneud dim byd mewn hen esgid dyllog. Cyrhaeddodd yn hwyr fel arfer, a mynd yn syth at y bwrdd sglaffio.

Ceisiodd Lobo gymryd tamaid i'w fwyta yn dawel heb i neb sylwi. Ond llwyddodd i daro coes y bwrdd a daeth y cyfan i lawr yn swnllyd. Trodd pob cimwch i edrych arno. Pan welson nhw mai Lobo oedd yno, trodd

pawb yn ôl gan rowlio eu llygaid.

"Sori... sori... cariwch 'mlaen..." herciodd y geiriau o geg Lobo.

"Mae'n rhaid i ni fod yn ofalus wrth drin y siarcod 'ma..." aeth y pen-gimwch yn ei flaen â'r cyfarfod.

Rhywbeth am griw o siarcod oedd yn creu helynt ar hyd y lle oedd dan sylw. Doedd Lobo ddim yn gwrando; roedd o wedi llwyddo i godi ambell damaid i'w geg.

"Ond mae 'na sôn eu bod nhw'n cydweithio efo gang yr octopws 'na i greu helynt," meddai un arall o'r cimychiaid pwysig.

"Maen nhw wedi bod yn bwyta a bwlio nifer o bysgod!"

"A beth os mai rheoli gwely'r môr yn ein lle ni yw'r bwriad?"

Roedd y cimychiaid i gyd yn dweud eu dweud yn eu tro. Roedd Lobo'n hanner gwrando erbyn hyn... ac yn dal i fwyta. Swniai pawb yn eithaf pryderus, meddyliodd. Ond tra oedd o'n stwffio'n slei, a'r gweddill yn trafod yn ddwys, gwelodd gysgodion yn symud dros wely'r môr. Yn sydyn, sylweddolodd Lobo fod 'na siarcod yn troelli uwch eu pennau i gyd.

"Hei... hei... ma 'na broblem fach..." meddai Lobo wrth y cimwch agosaf ato.

"Esgusodwch fi!" atebodd hwnnw'n gwrtais a mynd oddi wrtho. Roedd pawb yn trio osgoi Lobo, fel arfer.

Edrychodd Lobo i fyny eto. Roedd rhai o'r siarcod yn dangos eu dannedd bellach ac roedd hi'n amlwg eu bod yn paratoi i ymosod. Roedd hyn yn sefyllfa ddifrifol. Penderfynodd Lobo fynd at y pen-gimwch:

"Siarcod! Siarcod!" meddai.

"Ia, Lobo... siarcod yw'r broblem," atebodd y pen-gimwch, yna ei anwybyddu.

Doedd neb yn gwrando ar Lobo. Dechreuodd ei stumog wneud sŵn rhyfedd, a'r holl fwyd yr oedd o wedi ei fwyta yn cynhyrfu ac yn dechrau cwyno. Yn sydyn, daeth bloedd gan gimwch arall:

"MAE'R SIARCOD YMA!"

Mewn chwinciad, roedd y siarcod wedi troi eu trwynau tuag atyn nhw gan nofio ar gyflymder. Dechreuodd y cimychiaid i gyd weiddi a sgrechian a symud ar draws ei gilydd yn ddi-drefn.

Roedd yn rhaid gwneud rhywbeth yn gyflym i ddychryn y siarcod i ffwrdd, meddyliodd Lobo. Dyna pryd y dechreuodd ei fol wneud sŵn eto a chafodd syniad. Roedd o'n gwybod beth i'w wneud.

Rhechodd Lobo mor swnllyd ag y gallai. Daeth y cryndod o'i ben-ôl a chreu cylch o don a dyfodd yn fwy ac yn fwy. Roedd cymaint o nerth wedi dod o'i ben-ôl nes llwyddo i wthio pob siarc am yn ôl. Syllodd pob cimwch mewn rhyfeddod ar Lobo yn eu hachub nhw i gyd – drwy dorri gwynt! Wyddai'r siarcod ddim beth oedd wedi digwydd.

Roedden nhw'n troelli'n bendramwnwgl am yn ôl nes yr oedd eu pennau'n chwil.

"Cuddiwch! Diflannwch, bawb, cyn iddyn nhw ddod 'nôl!" bloeddiodd Lobo ar y gweddill. Roedd ei fol yn swnian eto, yn barod i dorri gwynt petai angen ail don i wthio'r siarcod 'nôl. Ond diolch byth, roedd y tro cyntaf wedi bod yn ddigon cryf i achub pawb.

Newidiodd bywyd Lobo'n llwyr ar ôl hynny. Roedd o'n dipyn o arwr ymysg y cimychiaid. Ond roedd o hefyd mewn tipyn o drafferth. Roedd siarcod yn enwog am ddial. Yn anffodus, roedd gan Lobo'r Rhech-arwr ddyddiau cythryblus o'i flaen.

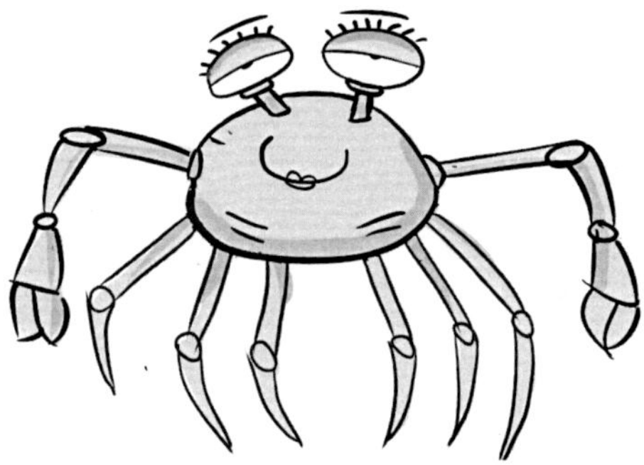

Nin y Cranc-Ninja

Roedd Nin wedi treulio y rhan fwyaf o'i phlentyndod ar y Graig Sanctaidd yn dysgu'r grefft o fod yn gyfrwys, cyflym a pheryglus fel cranc-ninja. Crancws Heglogws oedd ei hathro, ac roedd o'n granc doeth ac annwyl. Roedd o wedi bod fel taid iddi ac wedi ei magu'n granc heglog, cryf a dewr.

"Nin," sibrydodd Crancws Heglogws un dydd. Roedd o wastad yn sibrwd siarad. "Rwyt ti wedi cyrraedd oedran pwysig. Mae'n amser i ti fynd allan i'r môr mawr."

"Beth? Ond alla i ddim gadael y Graig Sanctaidd..." Doedd Nin ddim eisiau gadael, er ei bod hi'n gwybod ers tro fod y diwrnod hwn ar ei ffordd.

"Mi fyddi di'n dod yn ôl rhyw ddydd i gymryd fy lle i, i arwain y crancod bach, ond am rŵan mae'n amser i ti fynd i gasglu profiadau a helpu'r creaduriaid sydd dy angen di."

Doedd Nin ddim yn siŵr a oedd hi'n barod am y môr go iawn. Hi oedd y cranc-ninja gorau ar y graig, roedd hynny'n wir, ond doedd hi erioed wedi bod mewn brwydr go iawn.

Rhoddodd Crancws ei grafanc ar gefn Nin a sibrwd wrthi:

"Rwyt ti'n ddewr. Rwyt ti'n gryf. Rwyt ti'n barod."

Roedd Crancws yn un da am roi hyder i rywun. Ond cyn y gallai Nin ddiolch iddo daeth llaw fawr o'r tonnau uwchben a chydio yn Crancws. Roedd person wedi cael gafael ynddo. Person!!

Allai Crancws wneud dim, ond ymatebodd Nin yn gyflym gyda symudiadau ninja chwim. *Wyp! Clatsh! Aw!* Tri symudiad a phinsiad cas i'r llaw fawr.

Gollyngwyd Crancws a chafodd ei daflu oddi ar y Graig Sanctaidd.

"Crancwwwws!!" bloeddiodd Nin ar ei ôl.

Ond roedd hi'n rhy hwyr – roedd llif tanddwr cryf wedi ei sgubo i ffwrdd. Doedd gan Nin ddim amser i feddwl. Roedd yn rhaid achub Crancws.

"Rwyt ti'n ddewr. Rwyt ti'n gryf. Rwyt ti'n barod." Atseiniodd geiriau Crancws yn ei phen a neidiodd i'r llif ar ei ôl.

Ysgubwyd Nin ar ôl Crancws. Roedd hi'n troelli'n wyllt ac allai hi ddim gweld Crancws o'i blaen. Roedd hi wedi cael hyfforddiant i feddwl yn chwim a rheoli ei hun mewn argyfwng, felly canolbwyntiodd ac anelodd am droad yn y llif oedd o'i blaen er mwyn neidio allan. Dyna fyddai Crancws wedi ei wneud, meddyliodd.

Mewn chwinciad o nerth llwyddodd Nin i daflu ei hun o'r llif a glanio ar graig fechan ger hen longddrylliad. Ceisiodd gael ei gwynt ati cyn chwilio am Crancws. Doedd dim angen iddi chwilio ymhell. Ond yn anffodus, roedd Crancws wedi llwyddo i ddianc o un sefyllfa beryglus ac wedi glanio yng nghanol un arall. Cuddiodd Nin a gwylio octopws mawr hyll yn gafael yn Crancws gerfydd ei goes.

"Wel, dyma sypréis arbennig!! Yr enwog Crancws Heglogws wedi glanio o'r nefoedd!!" meddai Oswyn yr octopws drwg.

"Gwych! Fe gei di, Crancws, ein hyfforddi ni i fod yn octa-ninjas!" meddai octopws bach arall a'i lygaid yn disgleirio. Nofiodd y ddau i ffwrdd gan lusgo Crancws gyda nhw, yn torri ei galon.

O na! Roedd hyn yn drychineb, meddyliodd Nin. Os oedd Oswyn yr Octopws am orfodi Crancws i'w dysgu nhw i fod yn octa-ninjas, byddai byd creaduriaid y môr mewn trafferth mawr. Hen greadur milain oedd eisiau rheoli gwely'r môr oedd Oswyn, ac roedd angen i rywun ei stopio. Roedd angen rhywun i achub Crancws Heglogws. Culhaodd Nin ei llygaid. "Rydw i'n ddewr. Rydw i'n gryf. Rydw i'n barod," meddai wrthi ei hun cyn crafangu'n slei a chwim ar eu hôl.

Mori'r Facrell

Roedd Mori Macrell yn swil, yn garedig, ac yn gryf. Cryf iawn. Cryfach nag unrhyw greadur arall yn y môr. Wir i chi, roedd ei chryfder yn rhyfeddol. Roedd hi wedi helpu sawl creadur wrth symud tameidiau o graig ac ambell ddarn o long oedd wedi dryllio. Roedd hi hyd yn oed wedi medru codi cragen hen, hen, hen, hen grwban enfawr oedd wedi gorchuddio cartref teulu o bysgod bach ofnus.

"O Mori, rwyt ti'n arwres! Diolch, diolch , diolch o galon!" meddai'r fam bysgodyn.

Cochodd Mori wrth iddi ddiolch cymaint.

"Mae'n iawn, siŵr. Does dim isio i chi ddiolch. Dim trafferth o gwbwl."

Roedd hi'n arwres ac roedd yna lawer iawn o greaduriaid yn ddiolchgar iddi, yn enwedig un morfil enfawr.

Daeth macrell fach i chwilio am Mori un diwrnod gan alw arni'n bryderus.

"Mori! Mori! Tyrd – brysia! Mae 'na broblem fawr..."

Nofiodd Mori ar frys ar ôl y facrell fach. Roedd un o'r morfilod mwyaf wedi cael ei ddal ar y traeth a'r llanw wedi mynd allan. Roedd y morfil wedi bod yno ers peth amser ac yn sâl iawn erbyn hyn. Roedd torf o greaduriaid wedi casglu yn y tonnau wrth y traeth, yn pryderu am y morfil, druan.

"O na," meddai Mori. "Ond be alla i wneud? Fedra i ddim mynd at y morfil ar y traeth. Bydd yn rhaid aros i'r llanw fynd i mewn eto er mwyn i'r morfil nofio allan i'r môr."

Ond doedd dim digon amser i hynny. Roedd y morfil yn mynd yn fwy sâl yn gyflym heb ddŵr y môr o'i gwmpas. Daeth un o'r cimychiaid pwysig at Mori i egluro'r cynllun.

"Mae'r llanw wedi troi, ac o fewn yr awr mi fydd 'na ddigon o ddŵr i ti nofio at y morfil.

Wyt ti'n meddwl y galli di ei lusgo 'nôl i'r dŵr?"

Llusgo morfil? Roedd hynny'n mynd i fod yn anodd iawn, iawn, meddyliodd Mori. Ond roedd hi'n ddigon parod i drio.

Arhosodd pawb yn eiddgar i'r llanw ymlwybro'n nes at y morfil. Roedd y crancod yn mynd 'nôl ac ymlaen rhwng y morfil a'r cimychiaid, gan adael iddyn nhw wybod sut siâp oedd arno.

"Mae'n rhaid i ni drio... ond mae'n mynd i fod yn anodd," meddai un cranc yn bryderus.

Yna'n sydyn, daeth yr alwad gan y facrell fach. "Mae digon o ddŵr! Mori, mi fedri di gyrraedd cynffon y morfil!" gwaeddodd.

Trodd pawb i edrych ar Mori. Llyncodd ei phoer. Roedd pawb yn dibynnu arni hi rŵan.

Nofiodd tuag at gynffon y morfil a chydio ynddi'n gadarn gyda'i cheg. Tynnodd a thynnodd a thynnodd. Roedd hyn yn anodd – yn rhy anodd, meddyliodd Mori. Yna clywodd leisiau'r creaduriaid eraill i gyd:

"Dal ati, Mori! ... "Ty' laen, Mori!"... "Alli di wneud hyn, Mori!"... "Dal ati!"

Anadlodd Mori'n ddwfn a thynnu eto gyda'i holl nerth. Dechreuodd y morfil symud. Roedd hi'n llwyddo! Roedd hi'n ei lusgo a'i lusgo. Ond roedd hi'n bell o'r dŵr a fyddai'n ddigon dwfn i'r morfil. Felly gwnaeth Mori rywbeth rhyfeddol.

Chwiliodd yn ddwfn y tu mewn iddi am gryfder ychwanegol. Roedd hi'n ddigon cryf i wneud hyn, meddyliodd, cyn rhoi plwc nerthol i gynffon y morfil. Cododd y morfil oddi ar y tywod, allan o'r dŵr, uwch ben yr holl greaduriaid eraill. Taflodd Mori'r morfil mor bell ag yr oedd hi'n gallu. Hedfanodd hwnnw trwy'r awyr a glanio yn y tonnau dwfn. Gallai nofio'n rhydd eto.

"Hwrê!" bloeddiodd pawb.

Roedd Mori wedi colli ei gwynt yn lân, ond roedd hi'n falch o allu helpu'r morfil. Doedd morfilod ddim yn cymysgu llawer gyda chreaduriaid eraill, ond diolchodd y morfil yma i Mori, gan ddweud wrthi y byddai o'n ffrind iddi hi am byth.

Gwenu'n swil wnaeth Mori. Doedd hi ddim yn hoffi sylw, ond roedd hi'n hoffi helpu creaduriaid eraill. Roedd hi'n arwres, a rhyw ddiwrnod byddai hi'n cael ei galw i helpu arwyr eraill.

Y Chwedl Fawr

Rhan 1

Roedd hi'n ddiwrnod hira'r flwyddyn ac roedd Brian y Cranc Brown yn paratoi ar gyfer cyngerdd dawnsio mawreddog oedd wedi ei drefnu gan y cimychiaid. Ei lwyfan oedd llong enfawr oedd wedi dryllio ar wely'r môr.

Yn y cyfamser roedd y siarcod, dan arweiniad Sieri'r Siarc a phartneriaid drwg Oswyn yr Octopws, yn poenydio Lobo'r Cimwch.

"Haha... fedri di ddim rhechan dy ffordd allan o hyn a chditha heb fwyta ers oria!" chwarddodd siarc go hyll yn ei wyneb.

Roedd o'n llygad ei le; doedd Lobo ddim yn gallu torri gwynt er mwyn eu cadw draw. Roeddan nhw wedi ei ddal tra roedd o'n cysgu, a doedd o heb fwyta ers oriau.

"Dowch rŵan... Cimwch bach diniwad ydw i! Peidiwch â 'mrifo fi, pliiiis!"

Dechreuodd un o'r siarcod bach gnoi coes Lobo.

"Aw! Aw! Aw!" bloeddiodd.

Yna'n sydyn gyda *Wyp! Clatsh! Aw!* – roedd tri o'r siarcod yn gorwedd yn anymwybodol ar y graig ac roedd 'na granc heglog yn sefyll arnyn nhw. Rhythodd Lobo mewn syndod.

Trodd y siarc bach oedd yn cnoi ei goes i edrych.

Bip! Bop! Wap! Tri symudiad cyflym arall ac roedd y siarc bach wedi cael cic yn ei ben-ôl ac yn saethu trwy'r dŵr. Dychrynodd y siarcod eraill a nofio oddi yno'n gyflym.

"Waw! Diolch!" meddai Lobo gan ryfeddu.

"Nin dwi, cranc-ninja o'r Graig Sanctaidd a dwi'n chwilio am Crancws Heglogws. Mae 'na Octopws drwg wedi ei gipio."

"O... wel..." ymatebodd Lobo cyn mynd yn ei flaen i egluro'r sefyllfa am Oswyn yr

Octopws a'r siarcod, am eu cynllun i ddwyn y perlau fel nad oedd gan y cimychiaid unrhyw fath o bŵer, a'u bwriad i ddatgelu'r cyfan yn ystod cyngerdd dawnsio Brian. Roeddan nhw wedi datgelu'r cynllun i gyd wrth Lobo wrth ei boenydio – oedd ddim yn beth clyfar iawn i'w wneud!

Eglurodd Lobo hefyd am ei allu arbennig wrth dorri gwynt. Edrychodd Nin yn od arno.

"Ond mae'n rhaid i mi fwyta!" Roedd Lobo'n llwgu erbyn hyn felly dechreuodd fwyta'r gwymon oedd o'i gwmpas yn wyllt.

Sylweddolodd Nin eu bod nhw angen cymorth rhywun arall os oeddan nhw am drechu Oswyn a'i gyfeillion, ac roedd hi wedi clywed am yr union un i'w helpu.

Crafangodd y ddau mor gyflym â phosib i chwilio am Besi'r Besi-teiddiwr.

Yn y cyfamser, roedd Mori Macrell yn gweithio tu ôl y llwyfan yng nghyngerdd Brian y Cranc Brown. Roedd hi bron yn amser i'r cyngerdd gychwyn. Roedd Mori yn ffan enfawr o Brian, ac er ei bod hi'n swil iawn, roedd hi o'r diwedd wedi cael digon o hyder i fynd ato a gofyn am ei lofnod.

Cnociodd ar ddrws ystafell wisgo Brian.

"Tyrd i mewn! Mori wyt ti, ia? Un o'r Pysgod Diogelwch?" holodd Brian wrth adael Mori i mewn.

Sgwrsiodd Mori a Brian fel tasan nhw wedi bod yn ffrindiau erioed. Tra oeddan nhw'n sgwrsio, allan o nunlla, ymddangosodd cragen las fach rhyngddynt.

"Bobol bach! Be ar wely'r môr?" Roedd Mori wedi dychryn am ei bywyd.

Gutun y Gragen Las oedd yno ac roedd o'n crio.

"Oooo sori..." meddai trwy'r dagrau. "Dwi ddim yn gwybod sut wnes i lanio fan hyn. O'n i'n trio meddwl am rywle diogel i ddianc iddo a rhywsut... sori... ond mae 'na rywbeth ofnadwy ar fin digwydd..."

Aeth Gutun yn ei flaen i egluro'r cynllun drwg i ladrata'r perlau o'r Ogofanc.

"Dwi ddim isio'i helpu nhw," meddai Gutun druan.

"Paid â phoeni dim," meddai Mori, "mi af i i chwilio am un o'r cimychiaid."

Gadawodd Mori, Gutun a Brian yn yr ystafell wisgo a mynd i chwilio am gimwch. Gwelodd un od yr olwg yn dod tuag ati gyda draenog y môr a chranc heglog.

"Esgusodwch fi... mae 'na argyfwng... mae 'na rywun am ddwyn y perlau o'r Ogofanc. Fedrwch chi helpu?"

Edrychodd Mori, Lobo a Besi ar ei gilydd.

"Wrth gwrs y medrwn ni," meddai Besi'n

hyderus. "Dyna pam yr ydan ni yma!"

A dyna sut y daeth y chwe arwr at ei gilydd i greu cynllun arbennig fyddai'n rhwystro Oswyn yr Octopws a'i ffrindiau drwg.

Rhan 2

"Iawn. Ydi pawb yn deall felly?" holodd Besi wedi iddi hi a Nin orffen egluro'r cynllun mawr.

Roedd Brian yn dawel. Doedd neb yn

gwybod am ei allu i rewi creaduriaid, felly dim ond dawnsio oedd yn rhaid iddo wneud ac roedd hynny'n ddigon, meddyliodd.

"Iawn... pob lwc, bawb," meddai Nin cyn iddi hi a Lobo ddiflannu drwy ddrws yr ystafell newid a mynd tuag at guddfan yr octopysau

i achub Crancws Heglogws.

Cyrhaeddodd y ddau a sbecian i mewn. Roedd Crancws mewn hen gawell cimwch a thri octopws hyll yn ei warchod. Ond mewn chwinciad, roedd Nin wedi chwipio a thaflu a tharo'r octopysau'n anymwybodol ar wely'r môr.

Wyp! Clatsh! Aw!

Rhyddhaodd Lobo Crancws o'r cawell. Roedd o mor falch o'u gweld nhw, yn enwedig Nin. Ond doedd dim amser i sgwrsio – roedd yn rhaid i'r tri fynd ymlaen i golbio'r siarcod oedd yn ymosod ar gimychiaid yr Ogofanc.

Yn y cyfamser, aeth Brian ar y llong-lwyfan i ganol sŵn byddarol ei ffans a dechrau dawnsio. Roedd y dorf yn enfawr ac yn fywiog iawn.

Wrth i Brian frasgamu a chwyrlïo ar draws y llwyfan roedd Gutun a Besi'n gafael yn sownd yn ei gilydd yn yr ystafell newid.

"Ti'n barod, Gutun?" holodd Besi, oedd yn benderfynol o drechu Oswyn a'i griw.

"Dwi ddim yn siŵr," atebodd Gutun. "Dwi erioed wedi chwinc-deithio efo rhywun arall o'r blaen!" Yna caeodd ei lygaid yn dynn a diflannodd y ddau o'r ystafell newid a glanio yn yr Ogofanc yng nghanol y perlau disglair.

Y tu allan i'r Ogofanc, cyrhaeddodd Nin, Lobo a Crancws. Roedd y cimychiaid i gyd wedi eu clymu'n sownd. Brwydrodd Nin a Crancws yn gyflym ac effeithiol yn erbyn yr octopysau, a llwyddodd Lobo i gadw'r siarcod draw gyda'i rechfeydd cryf, ond roedd mwy a mwy o octopysau yn ymddangos bob munud.

Roedd Besi a Gutun yng nghanol y perlau. Daeth curo ar ddrws yr Ogofanc.

Bwm. Bwm. Bwm.

"Agor y drws, Gutun bach..." Llais llysnafeddog Oswyn.

Agorodd Gutun y drws led y pen ac ymddangosodd Oswyn a Sieri'r Siarc yn wenau dieflig i gyd. Ond yn hytrach na rhyfeddu at y perlau'n disgleirio cawsant eu dal gan ddisgleirdeb arian Besi wrth iddi nofio yn ôl ac ymlaen o'u blaenau. Llwyddodd i hypnoteiddio'r ddau.

"Oswyn a Sieri... rydych chi'n ddawnswyr penigamp ac mae'n rhaid i chi a'ch ffrindiau fynd i ddawnsio ar y llwyfan gyda Brian y Cranc Brown."

Ac ar fy ngwir, aeth Oswyn a Sieri yn syth i alw ar y gweddill i'w dilyn ar y llong-lwyfan i ddawnsio. Yna, heb holi, dilynodd pob un. Roedd ganddyn nhw ormod o ofn peidio â gwneud fel yr oedd Oswyn a Sieri yn ei ddweud!

Roedd torf y cyngerdd wrth eu boddau, a phan ddaeth rhes o octopysau a siarcod ar y llwyfan, i gyd yn dawnsio gyda'i gilydd, aethon nhw'n wyllt! Hwn oedd y cyngerdd gorau erioed.

Yn sydyn, sylweddolodd Mori fod ei hawr fawr ar fin cyrraedd, ond roedd hi angen i Lobo ei helpu i godi'r llong-lwyfan cyn y gallai hi ei daflu. Mewn chwinciad, ymddangosodd Gutun a Lobo wrth waelod y llong. Roeddan nhw bron yn barod.

Ond roedd y dorf yn neidio a bownsio'n fwy gwyllt erbyn hyn, ac roedd hynny'n broblem.

"Wyt ti'n barod, Mori?" sibrydodd Brian gan ddal i ddawnsio.

"Na," meddai, "mae'n rhaid i'r dorf fod yn llonydd... jest am funud bach neu fydd rhywun yn siŵr o frifo wrth i mi daflu'r llong drostyn nhw," meddai hi'n bryderus.

Dyna pryd y sylweddolodd Brian y gallai o helpu drwy ddatgelu ei gyfrinach. Eglurodd yn sydyn i Mori beth allai o ei wneud, ond roedd hi'n bwysig iddi hi a Lobo beidio ag edrych arno rhag iddyn nhw gael eu rhewi.

"Gwych! Cer amdani!" meddai Mori wrth Brian, gan wenu.

"Cofia mai dim ond munud fydd gen ti..."

meddai Brian.

Felly, roedd Lobo a Mori yn gwybod beth oedd angen ei wneud. Roedd yr octopysau a'r siarcod yn dal i ddawnsio, a Brian hefyd. Troellodd Brian a symud ei goesau'n gyflym...

Tap tap, clic clic, tapaclicataptap!

Rhewodd pawb a gwaeddodd Brian:

"Rŵan!"

Cydiodd Mori yn y llong a thynnu. Torrodd

Lobo wynt er mwyn codi'r llong oddi ar wely'r môr i'w helpu. Neidiodd Brian i ffwrdd. Tynnodd a thynnodd Mori ond roedd yr eiliadau yn mynd heibio'n gyflym.

"Unwaith eto, Lobo!!"

Gwasgodd Lobo, ond doedd ganddo ddim gwynt ar ôl.

"Deg eiliad!" bloeddiodd Brian.

Yna, gyda'i holl nerth o ben blaen ei chynffon hyd at ei thrwyn, taflodd Mori'r llong a'r siarcod a'r octopysau yn bell, bell, bell!!

Deffrodd y dorf mewn pryd i weld y llong yn chwyrlïo dros eu pennau. Wyddai neb beth oedd wedi digwydd!

Ond fe wyddai'r cimychiaid beth yn union oedd wedi digwydd. Roedd 'na chwe arwr arbennig wedi llwyddo i'w hachub i gyd: Gutun y Gragen Las, Lobo'r Cimwch, Mori'r Facrell, Brian y Cranc Brown, Nin y Cranc Heglog a Besi Draenog y Môr.